A mis padres, Dr. John Paul Beifuss
y Joan Turner Beifuss. —J.B.

A Pamela Brooks Turley, quien rescató a Ray en mi estudio. A Betsy y Ginny,
las niñas más maravillosas del mundo. —P.T.

Book design by Cathleen O'Brien.

Supervision of Spanish edition by Sur Editorial Group, Inc.

Spanish edition typesetting and production design by Vandy Ritter.

Typeset in Greco Adornado and Greco Roman.

The illustrations in this book were rendered in oil pastels.

Printed in Hong Kong.

10 9 8 7 6 5 4 3 2 1

Library of Congress Cataloging-in-Publication Data

Beifuss, John, 1959-

Armadillo Ray / written by John Beifuss;

illustrated by Peggy Turley.   32p. 24.7 x 22.2 cm.

Summary: Curious about the true nature of the moon, Armadillo Ray asks different animals for their opinions.

[1. Armadillos—Fiction.   2. Desert Animals—Fiction.   3. Moon—Fiction.] I. Turley, Peggy, ill. II Title.

PZ7.B38823475Ar   1995   94-44527 [E]—dc20 CIP   AC

ISBN 0-8118-2277-X (Spanish HC)   ISBN 0-8118-2211-7 (Spanish PB)

Distributed in Canada by Raincoast Books

8680 Cambie Street, Vancouver, British Columbia V6P 6M9

Chronicle Books

85 Second Street, San Francisco, California 94105

www.chroniclebooks.com

ARMADILLO RAY

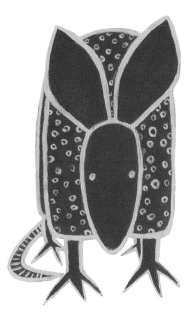

Escrito por **John Beifuss** ✱ Ilustrado por **Peggy Turley**

Traducido por **Agustín Antreasyan**

chronicle books · san francisco

Armadillo Ray vivía en
el desierto, allí donde los cardos
rodadores rebotan y saltan como
niños dando volteretas.

Como buen armadillo, a Ray
le gustaba explorar el desierto por
las noches. Cuando el sol implacable
se iba a dormir, Ray correteaba
sobre las frías rocas y excavaba
en la arena con sus poderosas
patas. Ray tenía mucha imaginación
y cada vez que se encontraba con
un cacto se imaginaba que estaba
frente a un bandido.

ay era además un armadillo muy curioso y en las noches claras le gustaba contemplar la Luna. A veces la Luna se veía llena y redonda: blanca como un capullo de saguaro, el cacto donde viven los búhos. En esas noches, el duro caparazón de Ray brillaba bajo la luz de la Luna como los guijarros del arroyo.

Otras veces, la Luna era apenas un semicírculo, como la sonrisa del zorro del desierto reflejada en un estanque, o una fibra plateada parecida al aguijón del alacrán. Armadillo Ray estaba muy intrigado. ¿Qué era aquel maravilloso objeto en el cielo? ¿Cómo podía tener tantas formas? Ray decidió preguntarle a los habitantes del desierto.

La primera noche que Ray salió en busca de una respuesta se encontró con sus amigas las serpientes. Ellas estaban bailando y movían sus sinuosas y culebreantes siluetas hacia el cielo.

—¡Hola! —les dijo Ray.

—¡Hola! —contestaron las serpientes.

—Quiero preguntarles algo —dijo Ray—. ¿Saben qué es la Luna?

—¡Qué pregunta más tonta! Un armadillo como tú debería saberlo —dijeron las serpientes—. Todo el mundo sabe que la Luna es una serpiente gigante que se retuerce y cambia de forma. Algunas noches se enrolla y forma una bola. Ahora, por ejemplo, está plegada en un luminoso cuarto creciente. Hace mucho tiempo esta serpiente vivía enroscada alrededor de la Tierra como un gran cinturón blanco. Pero poco a poco la Tierra se llenó de gente y la gente empezó a caminar sobre el lomo de la serpiente, como hacen las pulgas del coyote. A la serpiente le picaba tanto el cuerpo que decidió irse al cielo.

Entonces todas las serpientes comenzaron a danzar y enroscarse en forma de aro, imitando a la serpiente gigante.

—Yo también sé hacer eso —exclamó Ray enroscándose como una bola.

Pero Ray no quedó muy convencido de que la Luna fuera una gran serpiente blanca y decidió preguntarle a otro animal.

Varias noches después, Armadillo Ray continuó su viaje hasta el interior del desierto, donde encontró la madriguera de un perrito de las praderas.

—¡Hola! —dijo Ray.

—¡Hola! —respondió el perrito.

—Quiero preguntarte algo —dijo Ray—. ¿Sabes qué es la Luna?

—¡Qué pregunta más tonta! Un armadillo como tú debería saberlo —dijo el perro de las praderas—. Todo el mundo sabe que la Luna es la entrada de una gran madriguera. Allí vive el padre de todos los perritos. Se pasa el día durmiendo y por la noche enciende la luz. A veces la puerta de la madriguera está entornada, pero cada día la abre un poco más. ¡Dentro de unos días estará abierta de par en par y veremos un círculo blanco y luminoso!

—Hace mucho tiempo, el gran perro de las praderas vivía en las profundidades de la Tierra, pero ahora hay demasiadas carreteras. Los carros y los camiones hacían tanto ruido que no podía dormir, así que abandonó nuestro mundo y excavó su madriguera en el cielo. Si tienes paciencia, podrás verlo cuando asome la cabeza.

Armadillo Ray y el perrito de las praderas se quedaron mirando la Luna mientras se deslizaba por el cielo. Pero ninguno de los dos llegó a ver la cabeza del gran perro de las praderas.

—Hay demasiados carros esta noche —dijo el perrito de las praderas.

Ray asintió. Pero, como seguía sin estar muy convencido de que la Luna fuera la entrada de una gran madriguera, decidió seguir buscando una respuesta.

Ray continuó su búsqueda y varias noches después se encontró con un gallo de la salvia que correteaba por los matorrales con las alas abiertas y la cola encrespada.

—¡Hola! —dijo Ray.

—¡Hola! —respondió el gallo.

—Quiero preguntarte algo —dijo Ray—. ¿Sabes qué es la Luna?

—¡Qué pregunta más tonta! Un armadillo como tú debería saberlo —dijo el gallo—. Todo el mundo sabe que la Luna es un huevo gigante. La gallina hizo el nido en el cielo porque el huevo era tan grande que no cabía en el desierto. Más allá del desierto hay edificios, barcos a vapor, puentes y otras cosas de las que poco puede saber un joven armadillo como tú.

—La Luna es un huevo mágico
—continuó el gallo de la salvia—.
Se encoge y crece, y luego crece
y se encoge, una y otra vez.
El cascarón todavía no se ha roto
pero un día se abrirá y nacerá
el gallo más grande del mundo.
¡Ese día será maravilloso!

Antes de que pudiera abrir
la boca, Ray escuchó un ruido.
Era el búho que vivía en uno
de los cactos.
—No le hagas caso a ese gallo
—dijo el búho—, ni a las serpientes,
ni al perro de las praderas, ni a
nadie. Yo te diré qué es la Luna.

Ray se puso muy contento.
"Los búhos son sabios" pensó.
"Seguro que él sabrá decirme qué
es la Luna."

cráteres

2,610 millas

luna llena

cuarto menguante

mes

reflejo

4,200 millones
de años

476 KM

El búho empezó a hablar usando palabras que Ray nunca había oído. La explicación del búho duró mucho tiempo y poco a poco la noche empezó a hacerse día.

Armadillo Ray prestó mucha atención para entender lo que decía el búho. Finalmente, cuando unos dedos de colores rasgaron la oscuridad del cielo, la Luna se escondió y salió el Sol.

El búho terminó su lección y miró hacia abajo desde el cacto. Ray estaba acostado en el suelo, con la cabeza apoyada en las patas.

Ray sabía que el búho era sabio y estaba seguro de que le había dicho la verdad. Pero por algún motivo la historia del búho le había parecido la más increíble de todas. Armadillo Ray se dio cuenta de que estaba muy cansado para seguir pensando.

Cuando Ray se quedó dormido, soñó con la Luna. Curiosamente, ahora la Luna se parecía a un brillante y gigantesco armadillo.

¿QUÉ ES LA LUNA?

Esto es lo que el búho le contó a Armadillo Ray sobre la Luna.

La Luna es el satélite natural de la Tierra. Esto quiere decir que la Luna se mueve, o gira en órbita, alrededor de la Tierra. A diferencia de la Tierra la Luna es tan sólo una gran roca, polvorienta y seca. Allí hay montañas, extensas llanuras de lava rocosa y unos grandes hoyos llamados cráteres que cubren toda su superficie. Desde la Tierra, todas estas características parecen formar una cara y por eso se suele hablar de la "cara de la Luna." Pero en la Luna no hay vida de ninguna clase, ni búhos, ni serpientes, ni armadillos o personas.

La Luna es muy grande. Si un armadillo excavara un túnel a través de la Luna, el túnel tendría una longitud de 2,160 millas, o 3,476 kilómetros. Sin embargo, comparado con la Tierra el tamaño de la Luna es como el de una pelota de tenis junto a una de básquetbol. La Luna es un satélite muy antiguo: tiene más de 4,200 millones de años.

La Luna no emite ningún tipo de luz. En realidad, la luz de la Luna viene del Sol. Cuando las personas y los animales de la Tierra ven que la Luna brilla de noche están viendo la luz del Sol que se refleja en la superficie de la Luna. Los cambios de la Luna que tanto intrigan a Armadillo Ray se llaman fases. La Luna tarda unos veintinueve días y medio en completar su ciclo de fases. Pero la Luna no cambia de forma durante estas fases. Parece que cambiara porque la parte iluminada por el Sol no siempre se ve desde la Tierra. El movimiento de la Tierra y de la Luna en el espacio hace que las partes de luz y de sombra que vemos no sean siempre las mismas. Por eso a veces la Luna parece un hilito de luz, un cuarto creciente o una media luna. Cuando vemos la Luna iluminada por completo decimos que hay luna llena.

LEYENDAS SOBRE LA LUNA

Armadillo Ray y sus amigos no son los únicos que inventaron cuentos o leyendas sobre la Luna. Estas leyendas existen desde el primer día en que seres con imaginación notaron su existencia.

De acuerdo a una antigua leyenda china, la Luna es una esfera de agua donde viven una liebre y un sapo que se pasan el día mirando las estrellas. Los indígenas del noroeste de Estados Unidos piensan que la Luna es un cuervo lanzado al cielo por un mago travieso. En cambio para los masai de África, el Sol y la Luna son adversarios que pelean. Según esta leyenda, la cara del Sol todavía está roja de vergüenza y la cara de la Luna está cubierta de heridas.

Estas leyendas nos muestran cómo distintas culturas siempre han tratado de explicar el mundo en el que viven. Y esto es especialmente cierto en el caso de algo tan hermoso y maravilloso como la Luna.

La Luna ha sido siempre la compañera nocturna de la humanidad. Antes de que hubiera luz eléctrica, la Luna era como un faro en la oscuridad. Y cuando no había relojes ni calendarios, la Luna señalaba el paso del tiempo. Entonces no es de extrañar que la gente siempre haya tenido esa fascinación con la Luna cambiante e inquieta, como tampoco es de extrañar que se hayan inventado cuentos mágicos sobre ella. A lo mejor tú también te has inventado uno.

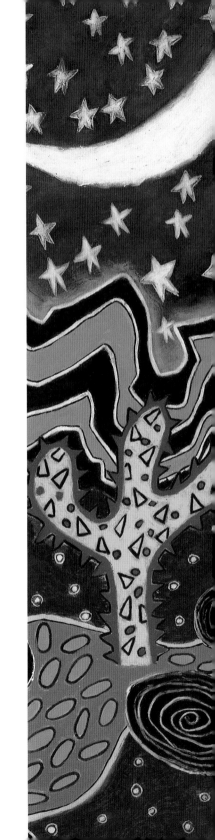